Travessia

Marco Aurélio de Souza

Travessia

KOTTER
EDITORIAL

Deixa os pássaros cantarem. No ir – seja até aonde se for – tem-se de voltar; mas, seja como for, que se esteja indo ou voltando, sempre já se está no lugar, no ponto final.

Cara-de-bronze, Guimarães Rosa.

Apresentação

Iniciada com o Modernismo, a fundação literária de cidades, lugarejos e aldeias do interior do Brasil continua em curso. Há áreas em branco no mapa literário do Brasil, o que enseja que a cada momento novos espaços ganhem espessura pela palavra poética.

Em Travessia, é Rio Negro que se transforma em livro vivo. Nela Marco Aurélio ambienta textos em que sua memória recupera uma latitude já abandonada. Seus poemas (que tendem para prosa, tão próximos estão da crônica, o que garante a eles a alta legibilidade que têm) localizam a cidade em dois tempos concomitantes: pretérito e presente.

No primeiro, tempo das experiências de infância e de juventude, o menino (e depois jovem tímido) experimentava-se em uma cidade fechada em si mesma, cuja comunidade autocentrada, dentro de uma estrutura familiar fadada a conflitos, controlava todo desvio. No furacão desse sufocamento sua imaginação encontra uma saída para a ponte do mundo-vasto-mundo. Os poemas mostram a tensão entre a cidade que o reclamava para a realidade apequenadora e a janela da arte, acessada por meio da música e da leitura, que o tiravam dela.

No segundo, tempo do agora, o poeta faz o retorno à cidade de outrora, reconhecendo nela, nos seus vícios de província, uma beleza trágica, uma grandeza mítica. É este poder fundador da poesia que Marco Aurélio exerce pela palavra em estado de comoção e de corrosão líricas. Todo aquele universo continua ativo agora como signo, como imagem de um sonho distante, mas nem por isso menos real para quem o experimenta.

Algumas metáforas estruturam a recuperação desta cidade. O rio Negro, a ponte e a cidade vizinha, já no outro Estado, definida como irmã siamesa. Esta experiência de fronteira é também uma forma de conviver com a partida, com a travessia. O medo que se coloca no menino em relação ao que há do outro lado se faz estímulo para que ele empreenda, assim que puder, a fuga. Fazer este movimento, na epígrafe de Rosa, é um ir deixando-se ficar. Um partir através do qual se conquista uma permanência.

Eis o sentido deste livro. A viagem de volta a um lugar que o autor emocionalmente nunca deixou. Porque pela memória nos colocamos em permanente trânsito.

Miguel Sanches Neto

I

Minha cidade é tão grande
Mas tão grande
Que mesmo sendo duas
Os mapas a escondem
Sob a barranca de um rio.

O mais célebre dos feitos
De nossa aldeia centenária
São as duas reportagens do Fantástico
Transmitidas em cadeia nacional.

Somadas elas chegam
Bem perto dos sete minutos
De orgulho ininterrupto.

II

Quando as ruas eram longas
E os passeios quase sempre
Imaginários
Ou quando as enchentes do rio Negro inda não eram
Sequências desgraçadas
A infância era o animal silvestre
Escondido no quintal
E as crianças
Todas elas indomáveis
Brincavam sacrifícios no apedrejar
De um profeta em desajuste
Ou andarilho vagal.

Então o piazote na esquina maltratou velho mendigo
De nome João Maria
E deu que o louco praguejando rezas
Incomunicáveis
Era o monge que morava no pinhal
Camuflando-se na gruta a cortejar
A vizinhança de fantasmas
E carniças, urubus.

Humilhado pelo desagravo infante
O velho se enfezou e enfezado
Contestou o mundo por inteiro
Com prédicas insanas, endoidecidas
Colecionando simpatias do além.

Meditando longamente em seu buraco
João Maria vislumbrou o fim do mundo
Como castigo
À piazada incendiária que
Bem merecido
Cresceria com sertão na alma fria
A prolongar
Vindo por dentro, qual esqueleto
Da maldição
:
A maior inundação já vista partiria
A cidadela ao meio
Relegando ao povo todo que cuspira
Na ruga suja do monge iconoclasta
A insignificância cíclica de um destino
Amasiado do progresso que aos poucos
Refluía.

Passado o tempo de maturação celestial
Quando as águas já batiam recordes
Nos telhados
Foi que o homem do governo acatou
Logo em seguida
A profecia pelo louco dirigida
Ruminando a lembrança de uma fé.

O estrago estava feito
Ficou o dito –
O véu do contestado
E o sermão do revoltoso
Pairaram no local, absolutos
E a cidade se fez duas
Em fenda aberta, permanente
Enquanto guris e gurias
Repletos de sono e sonho
Sucumbiam em respeito
E vigília
Ao sisudo João Maria.

Reza a lenda mais que o mito
Que quando soube noutra vida
Do tal desfecho anunciado
O velho monge
Em praça pública velado
Logrou implantar um sorriso oculto
No retrato
Em direito de resposta desbocado
Provando a santidade íntima
Do seu poder
Moto-contínuo.

III

Na primeira juventude
Eu pensava que podia
Ser coroado rei
Por viver numa metrópole
Cheia de riscos
E paredes pixadas.

Eu lia Bukowsky e Kerouac
E até Lima Barreto
Comparando meu lugarejo
Com a América de cima
Ou com o Rio de Janeiro
Pensando que minha cidade
Tão impotente
Jamais seria como as outras –
Bolhas de sonho
Atravessadas por palavras.

Minha cidade era tão pobre
E tão banal
E tão sem gosto
E tão sem sal
Que acreditei que nunca
Em minha vida inteira
Conseguiria encontrá-la
E conhecê-la
Verdadeiramente.

Quebrava minha cabeça
Entorpecida
Sem conseguir empurrá-la
Para o mundo das percepções.

Eu não enxergava a cidade.
Ela também, com sua cegueira crônica
Tampouco me via correr no seu encalço
Como um maratonista
Aleijado.

Eu me arrastava invisível
Por uma sala de espelhos
Acreditando que sabia caminhar.

IV

Certa vez, num ímpeto de brutalidade
Tentei prendê-la no buraco de um poema
E quase a quebrei.

Minha cidade era frágil
E requeria algum cuidado
Que eu não tinha
Aos 16.

V

Acuado pelos dentes afiados
Da maturidade
Agora guardo a cidade em segurança
Numa caixinha de fósforos multicolorida
Que exala por todas as frestas
Cheiros azedos
De colônia
E parafina
E matagais molhados
E casinhas de madeira apodrecidas
E o lodo das enchentes
E respingos de urina no joelho
E passos leves como o riso dos chapados
E os enjôos de fim da linha
E o sonho cravejado de balas
Das fugas improvisadas pela noite
Dentro da névoa que brota incandescente
Dos arrabaldes do rio
:
Um paraíso intermitente que se esconde
Nas rachaduras e nos poros inflamáveis
Das superfícies congeladas
Pelo medo.

VI

Acreditei por muito tempo
Que o cenário de Rio Negro
Ficaria perdido
Para sempre
Nas minhas lembranças.

E que com o tempo
Seus personagens morreriam
Desnutridos
Ou vagariam num exílio
Perpétuo
Pelas cidades que habitam
Os túmulos
Da biblioteca municipal.

Eu observava seu calçadão reduzido
E suas ruazinhas sem saída
Perguntando a mim mesmo
Qual seria a minha Rua do Ouvidor.

Onde os prédios da São Paulo modernista?
Por todos os cantos eu procurava desiludido
Pelas avenidas parisienses
Pela loucura de São Francisco
E até pelas estepes
Da Rússia feudal
Mas nada encontrava.

Minha cidade
Tão pequenina
Só tinha luzes
No primeiro minuto do ano
E no pisca-pisca
Dos dias que antecedem
O natal.

VII

Sinto saudade do strüdel de maçã que a Vó fazia
Quando sua casa imigrante se enchia de colchões
E pratos e mosquitos e cadeiras espalhadas pela sala
E também dos seus cabelos mutantes
Que semana sim semana não
Ela pintava de roxo, vermelho ou lilás.

Um dia
A Vó deixou o seu cabelo
Descolorir.

Também a minha infância parece um pouco pálida
Quando estou longe de ti
Minha gelada
E sufocante
Cidadezinha.

VIII

Naquelas tardes de verão
Com 30 graus
Era um refresco quando as festas
Da Igreja
Eram erguidas sobre os bancos de concreto
Da Fazendinha com as suas tradições.

Enquanto os homens estufavam a barriga
De cerveja
A piazada avermelhada derretia no sol quente
Com picolés de gelo
Sabor coco ou limão.

No fim da festa
Já embriagados
Os homens dirigiam
Os seus carros de polícia
Pelas estradinhas empoeiradas
Do interior.

No porta-malas de um Fiat antigo
De um Chevete ou de um Opala amarelo
As mães e os filhos sutilmente começavam
O seu calvário e as suas longas orações.

IX

Depois do almoço, com a louça já lavada
A Mãe tirava seu cochilo merecido
Sem perceber meu sobe e desce pelo bairro Bom Jesus.

Abarrotado de polenta e frango ao molho
Eu programava sobremesas em rápidas visitas
Ao encerado fusca azul do seu Luiz
E suas balas de iogurte e cereja.

Eu estranhava aquele cheiro enjoativo
De naftalina e erva mate e pepinos em conserva
Misturados na cozinha do vizinho.

Do balcão um Buda obeso me flagrava
Admirar a forma curiosa de cogumelo alaranjado
No pote que guardava em segurança
A magia do meu vício inocente.

Satisfeito, com a mente
Anestesiada
Eu me ausentava do asilo ao fim da rua
Vendo às vezes outro homem, alto e forte,
Em roupas negras, logo em frente do portão.

Feito de couro e silêncio, lábios cerrados
Também o motoqueiro anônimo escondia
Pelos bolsos da jaqueta suas balas.

Num aliciamento irregular à luz do dia
Despenteando os meus cabelos com a mão
O visitante repassava seus punhados
De tranquilidade
Sem dizer uma palavra
E entrava.

A Mãe dizia e repetia nos sermões
Que não se aceita nem recebe qualquer coisa
Nas oferendas das gentes desconhecidas.

Nunca falei de onde vinham minhas balas 7 belo
De sabor irresistível.
Eram melhores apesar da sua origem
Proibida.

X

Era manhã
E o termômetro batia menos três
Quando o caminho conhecido da paróquia
Registrou-se para sempre na paisagem P&B
Da minha vida.

Geada negra clareava o arredor
Tingindo os pelos encubados pelo corpo
Na epiderme ainda lisa do meu peito.

Enquanto velhas voluntárias e beatas
Pariam as lições da catequese
Fechando os olhos
Eu dedilhava uma guitarra azul-celeste
Há quatro anos desligada na vitrine
Da lojinha Musical.

Com o desejo reprimido pelo peso insuportável
Da obrigação não-assimilada
Descobri que as línguas eram muitas
E inconciliáveis
Dentro de uma só.

Além das folhas que morriam congeladas
O rigor implacável daquele inverno antecipado
Queimou também a minha fé no fogo-fátuo
Das expressões e das Palavras decoradas.

XI

Em meu aniversário de dez anos
Instado pelo medo
Da desaprovação
Decidi-me a descobrir o que é o amor.

Oculto em minha própria inocência
Ouvi dos tios mais distantes
Coordenadas do seu domicílio.

Seria inútil tão cedo procurá-lo:
Vivendo à beira da rodovia
O amor solicitava algum dinheiro
Das suas visitas, e uma carteira
De habilitação.

Fazendo anos serra abaixo
Eu comemorava minha própria juventude
Ensolarada
Catando conchas num coral
Das redondezas.

Quando voltava a Rio Negro
Encarando os olhos de um peixe
Morto, eu escutava o som do mar
Dentro das conchas
Pequenininhas.

Compreendi no gesto
Que os lugares também podem viajar
Dentro das gentes
Subindo montanhas
De corações tumultuados
E que levar consigo
Algo no peito
Era também uma espécie esquisita
De amor.

XII

Por mais que eu andasse pelos caminhos de Rio Negro
Todos os dias
Eu não conseguia gravar os nomes
Daquelas ruas
Na minha alma.

Talvez por isso
Os carteiros do correio
Nunca deixassem
Uma mísera cartinha
De notícia ou de saudade
Em minha caixa postal.

Jamais preenchi meu endereço
Nos espaços em branco
Da vida.

XIII

Ainda que lacônico
Era sincero e verdadeiro
O meu diálogo com Deus.

Quando a Mãe me acordava
As nove em ponto
E me cobrava intimidades
Com a casa do Senhor
Eu me encolhia num castelo de cobertas
Mergulhando de cabeça em um sono colorido
E excitante.

Frustrada em sua missão
Evangelizadora
Ela descia sem atraso a avenida principal
Contrariada
Cuidando em não perder a missa
Dominical.

Imerso no meu coma induzido
Eu implorava ao Criador por mais um tempo
Naquele sonho deslumbrante
Com 40 virgens
E nenhum Ali Babá.

XIV

Num certo feriado com parentes,
Os primos mais velhos me alertaram sobre os túneis
Há muito tempo construídos pelas mãos
Cheias de calos
De velhos monges esquecidos sob as vigas
Monumentais
Do seminário abandonado da cidade.

Tornou-se pura obsessão a minha busca
Pelas entradas escondidas dessas vias subterrâneas
Enraizadas bem abaixo dos meus pés
Em trilhas de mata fechada
E olhos bem abertos.

Sherlock Holmes pendurado nos exames bimestrais da sexta-série
Eu caminhava com a imaginação pregada nas fugas dos padres nazistas
Exportados de algum livro ainda não traduzido ao português
Que espalhavam cemitérios germânicos e medos bem brasileiros
Pelas frestas dos pinheirais densos de um verde profundo
Inebriante.

Conquanto não achasse as saídas do meu mundo de superfícies
Intermináveis
Eu atirava moedas de cinco ou dez centavos para santos de cerâmica
Descabeçados
Criando rezas para um Cristo desconhecido em línguas estranhas
Recém-inventadas
Queimando lágrimas em velas acesas por tumores resistentes
Aos milagres.

Depois de encontrar as urgências e profundidades que me afligiam
Passei a percorrer os túneis enfim descobertos em madrugadas esfomeadas
Habitando e povoando cada vez mais enfático e intenso e desesperado
As regiões submersas do rio Negro sujo de barro e transcendência
E a cidade que havia abaixo da cidade, com suas ruas e avenidas oníricas
De súbitos sumiços nunca anunciados.

Quando os becos das fugas secretas
Cruzavam por vezes com os bulevares
Da realidade
Meu rosto assombrado e sonâmbulo
Ruborizava envergonhado.

Eu me sentia nu quando fitava adormecido
Pesadelos provincianos encenados por belíssimas donzelas
Que me acuavam à beira do abismo
Das bocas de lobo do mundo.

Desfilando fúteis os casacos costurados
Com a pele arranhada que era minha
Estavam sempre elegantes, as meninas:
Jamais as vi desarrumadas.

XV

Refém das festas bucovinas
E churrasqueiras do salão paroquial
Quando mais novo eu julgava inevitável
Passar a vida esperando pelo trágico desfecho
Que vive grudado
No fundo de uma garrafa plástica
De vodka ruim.

Embriagava o meu corpo adolescente
Na praça principal
Em frente à Igreja matriz
Enquanto carros rebaixados
Rodopiavam pelo centro
Raspando nas lombadas
E tremendo as vitrines
Do comércio
Com os graves ruídos
De um som
Ensurdecedor.

Eu partilhava sem querer
Daquelas falsas alegrias
E no meu íntimo
Rezava para Deus
Deixar-me fugir dali.

Eu não queria gastar a vida
Girando em falso
Por uma quadra de destinos amputados.

XVI

Aos treze anos de idade
Planejei minha primeira fuga
Do cárcere dos pais.

Por 11 meses a fio
E o bolso vazio no jeans desbotado
Afrontei hierarquias em universos paralelos
Construídos pelo último volume de um disco setentista
Que rodava incansável em meu stereo system
Gradiente, seminova geração.

Sentindo fome ou saudade
Furtivo eu descia os degraus
Da minha Stairway to Heaven
Espiando sem querer
Mais uma briga conjugal.

Às vezes
A proximidade comprometia
A segurança do meu refúgio
Abstrato.

Caminhando na ponta dos pés
Eu voltava em silêncio para o meu esconderijo
Inviolável
Bem detrás de um botão gasto
Chamado Play.

XVII

Quando os primeiros pelos
Aflorados no rosto
Esconderam as manchas de humilhação
Causadas pela acne
Enfim o amor brotou no corpo
Transfigurado
Feito uma doença avassaladora
Despertada pela idade.

Ele me perseguia por todos os cantos
Da cidade
Em uma lambreta avermelhada
Sem direção
E me fazia chorar às escondidas
Quando me encarava com seus olhos estriados
De Demônio.

Por algum tempo,
Acreditei que os amantes
Fossem nada além de um bicho
Assustado
Procurando em desespero
Por pequenos farelos de paz.

XVIII

Às vezes,
O amor me oferecia uma carona
Só de ida
E eu me escondia atrás de um medo
Primitivo
Tentando não me afogar em sua placenta
Venenosa.

Eu não sabia onde segurar
Em sua moto acelerada
Que corria em piloto automático
E me jogava displicente para o alto
Ao passar pelas lombadas da estrada marginal
Que cumpria o destino dos meus sonhos.

O amor morava em rua estreita
Sem asfalto
E toda esburacada.

Tarde da noite,
Quando à força me levava
Para a sua residência
Levantava nuvens
De poeira
Nos meus olhos
E no varal da vizinhança
Fofoqueira.

Mais tarde
Ainda algemado num cenário
De histerias
Domei a besta-fera que vivia
Por detrás desta palavra tão bonita
O amor, e recusei sua oferta
De loucura, vício e possessão
Em matinês de voyeurismo
Instaladas na pracinha
Às margens do rio Negro.

XIX

Naquele tempo,
O Pai tentava em vão
Acender o fogo da família
Em sua churrasqueira improvisada
De quintal.

Ao temperar esperançoso
Seu filé ensanguentado
Mal sabia ele
Que o prato principal de nossa mesa
Já estava posto
De antemão.

À revelia dos açougues
O cardápio de domingo
Era sempre e somente
Uma porção de discussões acaloradas
E reuniões de emergência
Feitas às bordas
Do meu coração em brasa.

XX

Os anos se passaram
E o amor continuou
Inexorável.

Continuou a me espiar
Com sua lambreta
Dentro de uma sombra
Cobrando-me as dívidas
De riso fácil
E prazeres gratuitos
Daquelas noites nada românticas
Em que eu me prometia
Por inteiro
Ao delírio da sua existência.

Ilusionista
Brincava de me pôr
Em servidão
Tirando coelhos e horizontes
Impossíveis
De sua cartola de brechó.

Distraído eu me esquecia
Suscetível
Ao seu festival de truques
Maliciosos.

Numa tarde alucinada
Do nosso último dezembro
O amor fugiu de mim
Com sua motoca barata
Rumo à capital de um país
Chamado Indiferença.

Fincou espadas no meu corpo e
Traiçoeiro, sem finalizar a sua mágica
Deixou-me mudo a procurar
Pelas suas iniciais
Em cada centímetro
Do imperceptível.

XXI

Quando me perco nos terrenos
Baldios
Da saudade
Ainda escuto aqueles gritos
De lá vou eu
Ou os ecos oníricos
Do estalo das tampinhas
Que as gasosas de framboesa
Cantavam alto na garagem lá de casa.

Na esquizofrenia momentânea
Da memória
Estou sempre descendo por ladeiras
Desesperadas
Em meu velotrol azul e preto
Inalcançável.

XXII

Encurvada em sua vizinha siamesa
Rio Negro se desfaz em multidões de parasitas
E miseráveis moribundos contaminados pelo vírus
Da necrofilia.

Irmã e mãe ao mesmo tempo
Ela se liga ao outro lado
Do rio
Com braços rijos
De um camponês bem alimentado.

Em minha geografia afetiva
Com todas as chagas e pústulas que possa carregar
A cidade da infância nunca está
Ao sul nem ao norte
Posto que esculpida bem ali
No centro do mundo.

XXIII

Também as pontes que cortavam o rio Negro
Eram gêmeas competindo
Pela minha atenção.

Era bonita a mais antiga
Com ares misteriosos
Feita de lendas e histórias
Traiçoeiras.

Na gagueira da razão
Diziam os velhos precavidos:
Será roubado todo aquele
Que atravessá-la em completa
Solidão.

Atravessei-a num domingo
Pacato
Topando ao fim com a corrida
Barulhenta
De um trem comprido que seguia
Interminável
Rumo à estação desconhecida
Chamada Liberdade.

Nunca fui roubado
Na pequena travessia.
Os velhos se enganavam, percebi.

Não era aquela ponte enferrujada
Quem nos pilhava impune:
Eram os trilhos da ferrovia
O ladrão sorrateiro
Que levava para longe
O futuro que um dia esteve ali.

XXIV

Na infância
Por receio do imprevisto
Passei a caminhar unicamente
Pela mais nova e segura
Das pontes.

Enquanto atravessava o colosso
Cheio de brechas
Eu gostava de observar
Por entre os blocos de concreto
Que balançavam e tremiam.

Meu corpo balofo
Tremia junto
Temendo cair
No silêncio sepulcral
Do rio Negro.

Mal sabia o menino
Que era ela
A cidade ao redor
Quem caía
E adentrava
Suas fissuras
Feito uma cicatriz
Que se alonga
Na pele inteira

XXV

Já conta meia dúzia
De séculos
Que a nossa polícia deu por desaparecida
A principal estrela
Do firmamento local.

Quando os jornalecos publicaram memoriais
E elegias ao astro insepulto
Ninguém ousou trazer à baila
O assassinato de constelações inteiras
Que sumiam inauditas em manhãs de Junho
Desovadas em arroios e afluentes
Do pequeno Passa Três.

Minhas suspeitas inundavam os bairros vizinhos
E com suas ondas me empurravam para novas e melhores
Investigações.

Inflamado pelo irresistível desejo de Saber
Descobri que sob o véu da sua bruma pacifista
De aparente e reservada timidez
Funesto anjo peçonhento se camuflava
Ocultando a cifra de nossa vocação:
A criação de aberrações espaciais
E a produção em série de pérfidas nebulosas
Que varam as noites planejando homicídios em andanças rurais
Consumindo supernovas e dejetos do espaço sideral
E gases e massas e perigosas energias
Paradoxais.

Com as patas sujas e a fúria de um cão enlouquecido
Nas madrugadas, a neblina escava seus buracos
Negros
Abrindo caminho para chacinas silenciosas
Sugando luzes e projetando quantas de melancolia
E Inibição.

Quando à noite me permito admirar contemplativo
O movimento cauteloso destas águas
Ensimesmadas
Que cruzam serenas pelo centro da cidade
O cemitério clandestino de estrelas sufocadas
Que o rio carrega e apaga sem saber
É sempre aquilo que me ata as ilusões
De astronauta.

No lacre das portas que fecham a nossa única maternidade
A extinção da espécie se anuncia:
O Sol também já não levanta.
Continua inerte
Imóvel em sua tumba fluvial.

XXVI

Tentei entender o vão que havia entre Rio Negro
E o mundo.

Talvez fossem as nuvens
Impenetráveis
De nosso céu espesso
E cinzento
Que nos sufocavam
E separavam
Da dinâmica dos homens
De fama.

Com a sina da contracorrente nas veias
Cumpri desafios impostos pela fantasia
Da singularidade
Abrindo a picadas um desvio agreste
De sinuosas estradas de barro e lama
Na contramão absoluta
Do meu mundo.

Colhendo esperanças de um futuro promissor
Em plantações de realidade carcomidas pela peste
Eu enganava a mim mesmo com sementes natimortas
Cultivando-as em solos pedregosos
E inférteis.

Com a promessa das antigas gerações
Engasgada na cabeça
Eu me exaltava gritando pedaços de sílabas soltas
Tapando ouvidos com a palma das mãos
Querendo mudar o curso do tempo
E o nome das coisas.

Afogado pela imersão poderosa
Da sua positividade
Compreendi que os mitos sempre prevalecem
Perante a pequenez insignificante
Das histórias.

Como os vampiros esgotados
Da terra dos antepassados
Viveríamos para sempre
Em nosso caixão comunitário
Escondendo o corpo débil e senil
E cultuando suicídios no jornal.

XXVII

Castigo inesperado e profundo
São as enchentes anuais
Que transbordam furiosas do rio Negro.

Na estação das mortes
Em marés desconsoladas
Riacho imenso de pranto e dor forma o seu leito
Com o auxílio das mulheres
Que choram tristes
Desamparadas.

Desembocando no estuário municipal
A correnteza das lágrimas
Suja de barro o espinho do pinheiro.

Ao constatar enchente à vista
Choram mais forte as viúvas enlutadas.

XXVIII

Nos fins de semana
Todas as famílias de Rio Negro se reúnem
Pra falar da vida alheia
Na casa de alguma avó.

Falam dos filhos
Que nascem sem pai
E dos chapados e drogados e perdidos
E dos vizinhos que foram presos em flagrante
Surpreendidos pela Ordem bem no meio de um delito
E das vagabundas e piranhas de minissaia em frente à boate central
Que engravidam precoces e saem de casa sem o consentimento dos pais
E falam dos pais que deixam seus filhos saírem de casa
Com minissaias e bagulhos e pistolas e ideias perigosas
E dos efeminados que se escondem num sótão poeirento e claustrofóbico
Espiando o mundo pela fresta apertada de uma janela doentia
Em casas de madeira caindo aos pedaços na rua de trás
Por conta da AIDS jamais confirmada e dos seus arroubos noturnos
E falam até dos padres que bebem e dançam e abusam da vida
E dos rapazes cabeludos e rebeldes
Que já não querem ir à missa
Tampouco se importam
Com a sagrada comunhão.

Ao fim do dia
Em rodas de chimarrão
Todas as famílias de Rio Negro
Queimam a língua.

XXIX

Fortaleza da minha memória
Rio Negro será sempre a donzela
Pequenina & Protegida & Vigiada
Pelos milicos do quartel
E pelo ponto mais alto do morro dos padres
Com seus fantasmas clericais.

Quando eu saía pela noite vagal
Tragar sem jeito alguma nova adrenalina
Estava entregue por inteiro e sem saber
Na tua sina
E já envolto no teu manto implacável
De rígida submissão.

O sol nascia
E os desgarrados retornavam num instante
Para ti.

XXX

O cheiro de tabaco
Exalando amargo do coração da cidade
Abriu meus olhos, Rio Negro
Aos teus pecados inconfessos
Emoldurados em precária sensatez.

Impregnado em minhas roupas
E nas praças e parquinhos
E nos bancos e orelhões vandalizados
E nas lojinhas de 1,99 que nunca se fecham
E nas pedrinhas petit pavê das tuas calçadas imundas
E nos lambrequins dos teus casarões imigrantes
E nas refeições azedas embrulhadas em alumínio
E nas flores de plástico do cemitério central
E nos trabalhadores de bicicleta com gorros de lã
E nas madrugadas frias
De cristal quebrando
Na respiração,
O cheiro do tabaco me desperta para ti
Rio Negro, mais fundo que o fundo do teu rio
Escura sereia dos barqueiros citadinos que se comovem
E desesperam
Em busca da tua promessa
Nunca cumprida.

Teu forte odor provoca a náusea
E me convoca para um mergulho
Sem volta
No lodo dos teus banhados
E das tuas feridas.

Escravizado pela fumaça incendiária
Do teu âmago oculto
Renovo sempre o meu batismo
Sanguíneo, na chama breve e viciante
Do teu fumo.

XXXI

Agora entendo que as cidades serão sempre
Um quebra-cabeça singular
E que por isso são também todas iguais.

Que os amores de Rio Negro
Não são melhores ou piores que os amores de qualquer outro lugar
E que os assassinos e os estupradores de Rio Negro
São tão cruéis e violentos quanto o são nas capitais
E que as prostitutas de Rio Negro
Entregam seus corpos ao indesejável como em qualquer cidade do planeta
E que os viciados que fumam pedra nas escadas da beira do teu rio
São os mesmos que tragam a morte
Nas quebradas da vida louca
Debaixo de qualquer ponte
Ou viaduto do país.

Por sua vulgaridade intolerável
Minha aldeia imaginária
Em cada porta e marquise
Idealizada
Será também
Agora e sempre
Uma cidade universal.

XXXII

Por toda a vida posterior ao letramento
Lutei comigo mesmo em meus clichês sedimentados
Na tentativa de sangrar algum poema
Que versasse os encantos e os desejos comezinhos
Da minha cidade natal.

Meus dedos travavam
Em frente ao teclado
Do PC.

No eterno retorno de quem nunca partiu
Passando por baixo do seu portalzinho
Em estilo alemão
Percebo agora o abismo ribeirinho
Escavado por entre as matas e pinheirais
Do seu contorno
Provinciano.

Com os anos sulcados na pele
Retorno à cidade da minha
Memória
E a encontro justamente
Nos lugares onde sempre a procurei
Em vão.

Ela se escreve nos letreiros do comércio
E nas conduções de hora em hora que rodam com cadeiras vazias
E nas ecléticas fachadas do seu patrimônio não preservado
E dos seus bueiros entupidos
Vertem melodias e cores e imagens de cinema
Onde antes existiam apenas as aranhas e as baratas
E as bodegas nas esquinas.

Nítida
Rio Negro explode em seu lirismo torto
Enviesado
Desajeitada como um verso branco
E sem rima
Do mais novo poeta local.

Na maria-fumaça ornamental
Que completa o espaço inócuo
Do seu bobódromo domingueiro
Eu tomo assento e viajo para longe
De todos os outros lugares
Do mundo.

Encontro apenas o vulto daquela cidade
Que secou feito um rio desnorteado
Desaguando inteira nesta foz insaciável
Que se forma e se extingue, permanente
Na distância de um lugar dentro de mim.

XXXIII

Minha cidade é tão pequena
Mas tão pequena
Que cabe toda na incessante corredeira
De veias finas e vasos mansos
Pontilhados pelo corpo
Insistindo em me deixar ficar em pé.

Coágulo das horas
E lembranças
Rio Negro é a ferida que me mata
Mas não sangra
Destilando o seu veneno lentamente
Como uma esfinge
Indecifrável.

Capa: Marcelo de Angelis
Revisão: Bureau do Brejo
Projeto Gráfico: Fernando Ribeiro
Responsável Gráfico: Ladimir de Jesus Silva
Editor Assistente: Cristiane Nienkötter

Editor: Sálvio Nienkötter

Dados Internacionais de Catalogação na Publicação (CIP)
Angélica Ilacqua CRB-8/7057

Souza, Marco Aurélio de
Travessia / Marco Aurélio de Souza ; ilustrado por Marcelo de Angelis. – Curitiba : Kotter Editorial, 2017.
72 p.

ISBN 978-85-684-6228-7

1. Poesia I. Título II. Angelis, Marcelo de

16-1162 CDD B869.1

Texto adequado às novas regras do acordo ortográfico de 1990, em vigor no Brasil desde 2009.

KOTTER
EDITORIAL
Rua das Cerejeiras, 194
CEP: 82700-510 – Curitiba – PR
Tel. +55(41) 3585-5161
www.kotter.com.br | contato@kotter.com.br

1ª edição
2017

Este livro foi impresso nas oficinas gráficas da Kotter Editorial [www.kotter.com.br] em papel pólen Suzano off-white, de 90g/m2, tipologia Crimson Text 11/15, no verão de 2017.

Cumprindo seu papel social e ambiental, a Editora doou todas as aparas de papel resultantes desse livro à Associação de Catadores de Papel Verde Iraí. CNPJ: 15.055.164/0001-93. Presidida pelo senhor João Batista Teixeira.
Reciclar é preciso!